새미시선 16

시조가락으로

윤어천

새미

이 도서의 국립중앙도서관 출판시도서목록(CIP)은 서지정보
유통지원시스템 홈페이지(http://seoji.nl.go.kr)와 국가자료공동
목록시스템(http://www.nl.go.kr/kolisnet)에서 이용하실 수 있습
니다. (CIP2013006881)

제사

시조, 그 의미의 리듬

김명복(시인, 연세대 영문과 교수)

윤덕진 교수는 대학에서 시조와 가사를 가르치고, 시가문학 공부를 시작하면서 시조창 고수로부터 시조창을 직접 배워 익힌 사람이다. 그는 현재까지도 배우고 있는 중이다. 그는 흥이 나면 산에 올라 시조창을 하다가도 그 자리에서 시조를 직접 쓰는 사람이다. 그를 알고 지내는 사람들은 가끔 그가 흥을 내면 그로부터 시조창을 듣는 호사를 한다. 그는 시조를 닮아 흥에 겨운 삶을 사는 사람이다. 그는 그의 주위에 창을 잘하는 사람이 있으면 음반을 내주고, 시조를 널리 알리기 위해 방송국에 음반을 보내 시조 보급에도 노력하는 사람이다. 대학에서는 학생들뿐 아니라 교수들을 상대로 단소 선생님을 모셔다 단소 교습의 자리까지 마련할 정도로 소리전파에 적극적인 사람이다. 그는 우리의 소리에 대한 열정이 남다르다. 그의 여동생이 음대 교수인 것을 보면 그는 일찍부터 집안에서 음악에 많이 노출되어 소리에 관심이 많을 수밖에 없었던 같다. 그런 그가 시조집을 낸다. 이론과 실천을 병행하려 노력했던 사람이었으니, 시조집을 내는 것이 낯설거나 이상할 것도 없다. 실천으로 말하고, 말한 것을 실천하려 시조집을 출판한다. 아마도 그는 시조를 연구하는 사람으로서 스스로 부끄럽지 않으려고 시조를 썼고, 이제 시조집을 출판하게 된 것 같다.

윤덕진 교수와 나는 1990년 3월 봄 학기부터 연세대학교 원주캠퍼스에서 교수생활을 같은 날에 시작하였다. 금년으로 23년을 같은 직장에서 함께 생활하였으니 서로 자랑할 것도 많고 부끄러운 것도 많다. 그가 자신이 쓴 시조들을 나에게 보여주며 글을 부탁하였을 때, 왠지 나는 나의 시를 내가 읽는 것처럼 부끄러웠다. 지난 몇 해 그와 나는 우리 시의 운율에 대하여 많은 이야기를 나누었고, 연구결과를 함께 발표하고, 책으로 만들어 연구결과도 출판했으니, 그는 내가 그의 시조에 대해 쓸 것이 많다고 생각하는 것 같다. 그러나 정작 그의 시조를 읽고 나니, 시조의 운율에 대한 일반적인 글을 쓸 수는 있어도, 그의 시조의 운율에 대해 이렇다 저렇다 글쓰기가 어려움을 알았다. 감히 그런 글을 쓸 용기가 나지 않는다. 그래서 이 글도 미루고 미루었다가 망설이고 망설이다가 만년필을 들게 되었다(나는 모든 글을 만년필로 먼저 쓴다. 그래야 글 쓰는 재미가 있다). 그의 시조 원고를 읽고 나서 아무리 생각해도, 그의 시조의 서정과 서사가 나에게는 너무나 익숙하다. 사실 익숙함이란 사건이 아니어서, 남들이 들을 만하지 않아 쓸 이유가 없다.

시조는 3행으로 정형화되었다. 물론 그렇지 않은 엇시소, 사실시조가 있기는 하지만 가장 일반적인 형태인 평시조는 3행이다. 평시조라는 형식은 3행으로 시의 서정과 서사를 담을 수 있는 가장 경제적인 형태의 장르이다. 왜 3행이어야 했을까? 서양에서도 3이라는 숫자는 신성한 숫자이다. 기독교의 성부와 성자와 성신의 삼위일체 이론 말고도, 일상사에서도 3이란 숫자는 매우 유용하다. 예를 들어 평면 위에 공간을 만들어 낼 수 있는 최소의 점도 3개이다. 아리스토텔레스의 『시학』에도 3

이라는 숫자가 나온다. 아리스토텔레스는 그의 책에서 처음과 중간과 끝이라는 3가지 개념으로 구성을 정의하고 있다. 처음이란 앞에 사건이 없고 뒤로 사건을 끌어올 수 있는 내용이어야 하고, 중간은 앞의 사건을 이어받고 뒤로 또 사건을 전개할 수 있어야 하며, 끝은 앞의 사건을 이어받기는 하지만 이후에는 어떤 사건도 일어나지 않도록 앞에서 이어받은 사건을 종결지어야 한다. 3이란 숫자는 이처럼 전체와 완성의 의미를 지닌다. 그리고 3의 상징적 의미들은 모두 하나로 마무리하여 눈 속에 꼭 들어오는 깔끔함을 갖추었다. 3이라는 형식을 갖춘 이야기는, 앞과 뒤를 막고 의심의 여지를 차단하는 형식이다. 의심이나 부정의 눈짓을 거부하는 신비의 숫자가 3이다. 시조의 3행도 그렇게 하나의 완성의 의미를 지닌다.

시의 운율은 기억과 관련이 깊다. 기억을 위해 언어에 흥을 담아 놓은 것이 운율이다. 시조를 읽으면 감흥을 느끼는 이유는 바로 그 운율 때문이다. 시조뿐 아니라 시가문학을 연구하면서 운율을 논할 때 흔히 음악성만을 고려하여 소리만을 강조한다. 그러나 시가는 언어의 의미성과 음악성 모두를 고려해야한다. 언어는 소리와 의미로 결합되어 있기 때문이다. 소리 하나만을 떼어내면 음악이지 문학은 아니다. 사실 문학에서 소리만을 연구한다면 난센스문학이 될 것이다. 그리고 시가에서도 난센스 어휘들이 시가의 운율연구에 매우 귀중한 자료가 된다. 왜냐하면 난센스 어휘들은 운율을 주기위해서 쓰인 것이지 의미 차원에서 쓰인 것이 아니기 때문이다.

시조의 운율을 이야기하기 위해서는 시조의 흥을 일으키는 소리와 의미의 구성에 대하여 말할 수 있어야 한다. 시조는 의미보다는 노래의 성격이 매우 강하다. 시조창을 할 때 노래하는 사람이 있고, 그 노래를 흥겹게 히는 북치는 사람이 있다. 북치는 사람은 노래가사에 흥이 부족하면 독립적인 형태의 북소리로 흥을 더하고, 노래가사로도 흥이 충분하다면 가사에 종속하여 단지 가사의 리듬을 따른다. 시조의 리듬감은 단순히 가사의 리듬감만으로는 해석상에 문제가 있다. 사실 시조창에 북치는 사람은 시에서 독자를 대신하여 흥 돋우는 일을 한다고 할 수 있다. 그렇다면 시조는 문자의 리듬만이 아니라 독자가 돋우는 리듬까지도 고려하여 운율연구가 이루어져야 할 것이다. 지금까지 운율연구는 서양이나 우리나 모두 저자 일방적이었다. 독자가 만들어내는 운율까지 만들어야 진정한 운율연구가 완성될 수 있다. 이 연구를 위해서는 시조의 운율연구만큼 좋은 자료가 없다. 시조는 저자 혼자 읊조리는 것이 아니라, 독자도 참가하는 운율을 형성하는 독특한 장르이기 때문이다.

시가에서 운율을 창조하는 것은 단순히 소리만이 아니다. 사실 문자로 써진 특수성 때문에 문학은 문자의 소리에 담겨있는 의미가 소리보다 더 흥을 돋운다. 소리를 위하여 시를 썼다기보다 의미를 위하여 시를 썼다는 말이 문학의 기능에 더 설득력이 있다. 그렇다면 시조에서 흥이 나도록 운율을 창조하는 내용상의 의미는 어떠한가? 다시 말해, 시조의 흥을 돋우는 내용상 의미에 어떠한 형식이 있는가? 우리는 시조의 운율을 창조하는 의미의 형식을 『시학』에서 아리스토텔레스가 말하고 있는 구성(Plot)의 형식에서 찾을 수 있다. 아리스토텔레스가 말하는 구성 원리의 "처음과 중간과 끝"은 바로 평시조의 3행의 의미 형식이다. 그리고 이 "처음 중간 끝"의 의미 형식이 바로 시조의 리듬을 만들어낸다. 시조의 첫 행의 의미 형식인 "처음"은 앞을 막고 뒤를 열어놓아 반드시 뒤에 무엇인가 따라와야 하는 형식이다. 앞에 무엇인가 있다면 처음이 아니듯, 뒤에 오는 것이 없다면 그것은 처음의 형식이 아니다. 그리고 두 번째 행의 형식은 중간의 의미이다. 중간은 앞을 열어놓아 반드시 앞의 것을 이어받을 수 있는 의미의 형식이어야 한다. 그리고 앞의 것을 받는 동시에 또한 뒤를 열어놓아야 한다. 그렇게 중간은 뒤의 것이 반드시 따라 올 수 있는 의미 형식을 가져야 한다. 그렇지 않으면 중간이 아니다. 중간은 처음과 끝의 사이에 있어야 중간이다. 그리고 셋째 행인 끝은 앞의 것을 이어받을 수 있도록 의미를 열어놓고, 동시에 뒤에는 더 이상의 의미의 지연을 차단하는 형식을 갖춘 의미형식을 가져야 한다. 이들 처음과 중간과 끝이라는 의미의 구성 형식이 바로 시조의 의미의 리듬을 만든다.

차례

제2부　두 결 시조

제4부 두 줄 한 장 시조

제5부 두 줄 한 장 시조(여러 장짜리)

제1부
평시조

조춘 _{早春}

산수유 벙글고 젖은 흙 옴지락댄다
양지쪽 푸른 싹 두 손 반짝 들고
새들은 자꾸 보챈다 나 좀 찾으라고

객토 무렵

시부정하던 논밭이 흙데미 받아
기름기 잘 배인 검은 소 등허리만치나
윤기 흐르니 언 마음이 다 눅는구나

양 류 楊柳

늘어진 버들가지 실패 달린 녹색 올올
윤나는 깃 참새들이 요리조리 헤쳐가면
바람도 흥에 겨워서 흔들흔들 그네질

철 쭉

둥굴래 포기 바람에 간들리고
고사리 새 순 말리는 동안
상큼이 치올라간 너의 속눈썹

봄비

돌사람(石人)이 사념에 잠기고
새들은 잘 찾던 길도 헤매인다
낙수물 소리에 돋아나는 새잎

조 망

쇠등처럼 늘어진 산자락엔 기억처럼 풀이 꽂히고
나무 그늘엔 코끼리만한 큰 벌레 잠자고 있다
하늘로만 벋는 가지 끝은 닿을 곳을 모르는 채

북두칠성

등불이 꺼진 하늘 건너는 은하
무리 진 성운 너머 빛나는 별자리
일곱 점 두렷하나니 특별한 점지

가을볕

물끄러미 보고 있던 아이 적
장판에 떨어진 살창 그림자
오늘사 보게 되니 같은 볕이로고

나무

나무는 오랜 동안 한 자리에 서있다
다리가 아프잖냐는 어린이도 있지만
잎새가 살랑일 때에 아니라고 들린다

다 리 목 에 서

펼쳐진 빙판 위로 바람이 지나가면
잎새 진 가지 위에 웅크린 새 한 마리
하늘과 맞닿은 둑길 보고 섰는 긴 긴 순간

자 연

아무데나라고 해서 아무데나가 아니다
제 자리에 있어 곱고 제 때를 맞추어 아름다운
꽃이여 풀이여 너희는 향기조차 품었더냐

꽃 잎

아스라한 삶의 중심에 소용돌이치는 빛태
붉음이 붉음뿐으로 물음을 허하지 않는
어떠한 절정으로써만이 마감되는 일생

이 상 理想

나무 키 높으매 숨결 벅차다
굿잖는 물 흐름 예는 길 따라
이 땅을 멀리 떠나 하늘 닿을 때까지

자 득 自得

솔잎이 푸른 하늘로 벋은 뜻을 알겠소
마른 짚단이 누워있는 까닭도 알겠소
새소릴 마음에 새겨 길이 간직하려오

차 례 茶禮

젯상의 음식이란 향벽설위向壁設位, 왼 켠으로 놓여
있다
아버지의 식욕이란 내 속에서 아닌 듯 분명하다
손들어 저숫는 그림 거울처럼 선하다

무궁화

사람의 일생이 모여 역사를 이룬다
세세생생 자자손손 이어져 내려와
언제나 나토신 지금이 꽃피는 시절

한閑

갯버들 어우른 새 모래톱 비스듬이
한가한 두루미 먼 둑을 내다보고
물결은 자잔자잔히 바람 따라 흐른다

얼굴

너의 전생이 현세의 모습으로 나투듯이
지금 그 얼굴이 예전 어딘 가로부터 전하여 온 길이
있다
그 길을 찾는 한 생이 닫힐 때 열리는 문

동짓날 아침

잘 빗은 머리새의 가르마처럼
흰 길 한 줄기 숲으로 들어간다
얼근한 동녘 노을을 부여안은 나무들

초 동 初冬

물 위에 뜬 빛 헤적이는 오리 갈퀴
바람은 동풍, 물살을 따라 간다
누른 솔에 기대인 햇발 다스하다

제2부
두결 시조

봄 바 람 에 물 새 가

비바람이 섞어 친다 물결이 뛴다
둥덩실 까불리는 몸 어이할거나
물살을 헤치며 바라는 곳 어디인가

갈대를 휘는 바람에 물살이 높다
오르며 나리는 물이랑이 어지럽다
그래도 가야하는 길 내 식구 있는 곳

초가을

잣숲 지날 때 끼치는 찬 기운
억새풀을 흔들던 바람과 한 결이다
초가을의 얼굴이 해맑게 수인사 한다

모르는 산길 가에 임자 없는 벌통
산마루에서 달려 내려올 차비하는 단풍
검처럼 마음 베고 갈 가을 소식 머잖다

가을 달

만상의 정령을 삼켜버린 달이
요염한 눈길을 던지는 산길에
생사 구별 잊어버린 나그네 간다

달이 팽만한 기운을 안고 뜨면
대지의 터럭 초목이 가늘게 흔들린다
보이지 않는 바람이 어디선가 인다

아침 호반

물가의 나무들 머리 빗고 가지런히
오리 헤엄이나 두루미 나래짓
물끄러미 바라는 기다란 자태 수굿수굿

고요히 흐르는 물결에 섬이 마침표를 찍었다
멈춰 섰던 흐름이 새들 울음에 이어지는데
나도사 하나의 부호로 서 있다 다시 간다

소나기

검은 구름 밀려온다 숲이 가라앉고
새들이 재촉하는 천둥소리 머지않다
한 줄금 굵은 빗발이 쏟아질 때 언젠가

고요한 정적 속에 총포 소리 감춰 있다
꾸중 듣기 일각 전의 두근대는 마음으로
한 마탕 번개 우레가 요란할 때 헤아려

아 침

부서지는 햇살이 산등성이를 두드려 깨고
골골 안개마다 이슬 방울방울 마다
천만 겹 지녀 이어온 온기를 내뿜어 준다

깨어난 산등성이가 연줄연줄 꿈틀거리며
보면 앞에 있으나 근원은 한 없이 먼
해님을 경배하여서 간절한 절 올린다

한 설 寒雪

고드름 추녀 아래 눈 덮힌 산 펼쳐있고
눈에 익은 모습으로 내려선 하늘 자락
찾으려 찾으려 했던 옛 모습 예 있구나

눈바람에 맞부댄 산낯의 성성함
벗성긴 솔잎파리 꺽정이 수염 같다
북풍에 식을 줄 모르는 산아히 더운 피

시궐 屎橛

― 공중변소에서

내 삭이지 못한 것이 오줌발로나 뻗힐 때
부처를 똥막대라고 한 위대한 정신을 생각는다
똥오줌 그것조차 훌륭타면 무에가 언잖으리

잘못한 일 많아서 평생이 똥막대일 때
그래도 아주 없지는 않다고 한 그 무엔가
이 몸을 증거 삼아서 들어왔다 나가누나

섣달 그믐

넘어가는 지난 해가 또 다가서는 새해임을
알려주는 빛과 그림자의 파동
미묘한 암호풀이에 넋이 골몰한 시간

생명이 닳아 없어진다고 두려워하지 않아도 되는 때
불타는 백열과 식어버린 흑암이 하나임을 깨치므로
아무런 기대가 없어서 절망도 없는 공적空寂

풍뎅이

시키지도 않았는데 뒤채기하고 있다
버둥대는 다리 꼴이 꼭 누굴 닮았구나
그렇게 애쓸 양이면 자빠지긴 왜 자빠져

골똘한 더듬이 끝에 생각이 담겨있다
사람을 꺼리는가 갈 데를 찾는 겐가
공중에 떴다 내리면 제 모르는 새 인연

태양

광막한 대지도 미풍에 풀 한 포기도
저 천천한 회전 궁륭 아래 있고
쉬잖고 깜박이는 조명에 뵘 감춤 되풀이하는 하늘의
유희

대지의 발꿈치부터 솟구치는 힘머리
터질 듯한 기쁨 참느라 둘레마다 지분거리며
번지는 빛살에는 미소 지을 밖에

층계

가파른 숨길이 닿고자 하는 데가 어디입니까
언덕 너머는 아무도 가보지 않은 듯 막막한데
처음 나타나는 그림자는 아마도 천사일 겝니다

나려오는 그 모습이 천의를 걸친 듯
고개 숙인 시선은 따의 버러지에도 미칠 듯
조금 전 오르신 그 분을 만나셨길래 웃으시겠죠

봄날

뻐꾸기 울고난 후 나무 끝이 높아졌다
가로막는 산그늘에 짝 지은 암수
물기 스민 흙덩이마다 가득 찬 생령

안개구름 서린 골에 잣나무 숲 검짙다
밭이랑 길고 길어 개미 같은 한 사람이
종일을 오며가면서 시간을 잊어버린다

벚나무의 가을

구름처럼 피어오르던 시절이 있었다
차일처럼 퍼져나가던 봄날이 있었다
나붓는 가지가지에 남은 화안한 기억

뒹구는 낙엽이 바람에 쓸려도
꽃 피던 한 때는 끝내 기억되리니
없으나 있던 그 시절 꿈이라고 부를까

생 명 비 상 生命飛翔

뒤채는 새떼 흰 깃 번득이며
이리로 저리로 몰려가는 길
가리키는 데 없이 갈 데 있음

한 번도 정한 적 없는 풍향을
주저함 버리고 타나르는 용기
삶이린 시시로 결단임을 배운다

제3부
여러 결 시조

오랜 생명

시달리며 자란 꽃은 수이 지지 않는다
구부러진 장송이 천년을 가듯
저렇게 맑은 구름을 못내 보려함이다

은행이나 세콰이어는 중생대에 살았고
무궁화도 고생물이라고 한다
함부로 버러지 꾀지 않으니 고결하구나

사람의 오랜 수명을 존경할지니
나이 많은 노인은 임금도 절하였다
하늘에 정해진 길을 어기지 않는 별처럼

사 람

술을 자실 때 콧날개 벌름거리듯
사랑을 나눌 적에 눈을 감듯이
좋은 걸 감출 수 없음이 사람

예서 사는 걸 기꺼워하고
세세부절世世不絶이 있고 싶어함
쇠똥에 굴러 박혀도 이승이라지

비 개어 햇살 부신 날
잎잎이 반지르르 윤이 흐르는
저윽이 그 때야말로 살만한 때

골목길

긴 담 모퉁이 돌아 우물가 정자나무
하 많은 말씀들 도사린 곳에
우리 작은 기억도 묻힌 게라오

굴렁쇠 굴려 뜀박질 할 때
어디 갈 데라도 있어 그런 게오
그저 스치는 바람이 좋았을 따름

배꼽이 푹 꺼져 돌아오는 집 어구
삼촌들 방 들창 머리로
하모니카 소리가 애절했다오

상 해 임 시 정 부 청 사 에 서

선배님들 침소는 집무실 겸용
서서 옷 다 적셨다는 세숫대야 하나
바랜 태극기만 옛 그 마음 전하고

무얼 잡숫고 지내셨는지
식구들 걱정은 어떠셨는지
배부른 후배 놈들은 아는 게 하나 없이

마침 정전에 더 깊은 어둑신함
수류탄 양손에 든 스물다섯 젊음 앞에
호오라 탄식하는 모두는 그 나이 더 살았음

수 리 산

너울에 실려 회항할 때면

반드시 한 자리에 모습 뵈이는

봉우리 그 높은 버팀에 들뜬 맘 가라앉힘

치마처럼 드리운 산자락

많은 소리를 간직한 동종銅鐘으로서

울리면 저 먼 섬들이 합장배례함

노을은 산정기의 나투심이니

이에 휘덮혀 만물은 정좌함

그늘과 소리에 감싸여 제 모습 그대로

---

*수리산: 일명 소래산, 부천시와 시흥시에 거처 있으며 서해를 조망
 하는 진산

균 형

― 가야 토기의 인상

아주 먼 옛날 님의 손길에 빚어질 때
그저 흙덩일 뿐이더니 형체로 드러나며
혼돈의 공간을 물리치고 세운 두렷함

반듯하고 천연함은 아슴프레한 기억 속의
잊힐 수 없는 얼굴 오래며 익숙한
동도렷한 모습을 빼 닮았으니

하나를 봄에 전체가 아우르고
그것만이 아니라 그 밖에 것도 함께 하는
장엄하며 빼어난 밝고 맑은 아름다움인저

침착하게

햇볕을 받고 자라는 식물처럼
서두른다고 시간이 빨리 가지 않음을
진중히 속으로 삭히고 있어야만

슬픔이 기쁨 되고 기쁨이 슬픔 되는
물이 뭍이 되고 뭍이 물이 되는
심지이 마음이 물건도 되는 그런 비밀을

사슴보다 앞서야 그예 잡을 수 있는
사오나온 호랭이 발톱과 같이
성마른 그런 꼴일랑 보이지 말아야

나한테 주어진 길을 가야한다고
별 같은 고매한 정신이 말했잖나
스물아홉 젊은 나이로도 그럴 수 있었는데

아름다운 저녁

옛집의 추녀 하늘가에 그림자 드리우고
땅부터 깔리는 어둠이 조근히 밀물 들 때
어떠한 수수한 삶도 끝나며 아름답다

손들어 하늘을 가리킨다면
그리로 간다는 말 아녀도 알 수 있다
저물녘 침묵이 고운 무욕의 시간

깃 치는 산새의 나래 그늘 아래
달관인 듯 체념인 듯 어깨 처진 나무들
제 속으로 웅얼거리다 꿈결에 들을 이야기

초승달이 찍어놓은 눈썹자국을
덧대고 기워서 지어낸 모습
영영 닿을 수 없는 그리움의 그리매

꾀꼬리

소리 좇아 치어다보니 잎새만 무성하고
화답 없이 이어지는 목청은 높아 간다
구름이 하냥 펴올라 깊어진 봄철

숲 그늘 감추인 데 소리만을 들려준다
편안한 쉼표를 간간이 찍어가며
선율이 나무 마루 넘을 때 언뜻 비춘 황금편

교태가 아니라 예민한 규율
잠시 어긋나도 숨죽이고 마는
절정의 노래 가락에 청각이 곤두선다

살아있음이 꿈결임을 알려 준다
여기 듣던 이 이미 가고 없으니
소리만 또렷이 남아 봄꿈을 펼친다

여 로

아, 왜 이리도 먼 길인가
앞뒤로 뵈는 이 없이
호올로 가야만 하는 이 길

등 뒤에 수런대는 불빛들은
잊지 말라는 다짐의 표시인가
그마저 없었더라면 더 깊었을 어둠

희망이란 기억의 연장일 뿐
한 때 그리도 지우려던 과거가
이제는 살아있음의 유일한 흔적

닿을 곳 모르더라도 가야만 하겠지
빠른 기쁨과 더딘 슬픔만 남더라도
가다금 어디에선가 쉴 곳 있을게야

풀이

— 봄찬치

풀어야 하리 맺히면 덧들리니

고고이 골골이 풀어 흩어야하리

겨울이 길면 봄은 더 찬연하나니

잠긴 슬픔은 물줄기 되어

언 땅을 녹이리 녹여 몸 풀게 하리

막혔던 물줄기로 뿌리를 간질이고

맺혔던 기운으로는 움을 틔어

녹여 풀어 뚫어 시원케 하리

산엔 벚나무 들엔 개나리

가비야운 꿩자치 종종대는 피죽새

살아야하리 멎지 말고 달려야하리

느티엔 새잎 시내엔 송사리
비늘 떠는 배암이 지줄대는 꾀꼬리
사는 게 모두 나와 시끄런 마당 이루고

해거름

지는 해가 산을 넘으며
내 안구 내벽으로 옮겨 왔소
광휘에 젖은 이면이 떨리는 소리

빛갈래는 현금 줄처럼 울리오
자기瓷器 어깨를 타고 넘는 그리매
마음에 번득거리던 만상을 뒤덮었소

고요를 좇아가는 넋이어
네 가는 어둑신이 무명無明길에
나는 조약차돌 덩이나 두어 볼까나

우리 육신이 이대도록 쇠한 즈음
죽은 혼백이 아잇적 몸을 빌어
옛집 앞을 서성이는 꿈이나 꾸오

좋구려, 때가 기억 속에 머물러
잊었던 길섶을 드뎌 가노라면
담도 울도 훌훌 넘게 이 몸에 붙는 재주

제4부
두 줄 한 장 시조
(석 장, 넉 장, 다섯·여섯 장짜리)

거북섬 돌미륵

서 계신 품이 나무나 다름 없습니다
바라보신 멀리가 끝이 없기 때문입니다

숙이신 고개 흘러내린 등줄기
묻히신 발치에 새 풀도 돋습니다

자태에 감도는 은은한 미소는
천지를 자식으로 삼은 덕의 끼침입니다

봄바람

시냇물 떨어지는 데
산벽山壁이 가로 막고 있소

볕바른 기슭에
미풍이 허리 꼬며 지나칠 때

게 섰는 나무 몇 가지
가늘게 떨렸드랬소

저녁 구름

구름이 아름다운 저녁
내 영혼이 잎새처럼 나붓나니

가녀린 수액의 고동이
나의 심장에 동조되어

천지에 하나인 울림이
옅게 옅게 번지고 있다

초동 저녁답

십일월 저른 해 산 넘어 가면
구름만 영嶺에 걸려 서성거린다

그늘 깔린 산자락에 낙엽 뒹굴고
짐승들도 다 숨어서 기척이 없다

쓸쓸한 한 저녁을 어이 지내리
연기 피는 먼 지붕을 바라는 심정

이 상 곡履霜曲

떨어지다 남은 잎새
사라지다 머문 연기

타고난 바탈이 닳고 난 뒤
온 곳이 갈 곳하고 거의 닳은 때

눈이라도 오시려는지
어둑신한 구름덩이가 엉기고
수상쩍은 소리가 들린다

고사관류도 高士觀流圖

물은 흐르고 바람도 부는데
몸만 이냥 있단 말

세월이 가도
마음은 그냥 있단 말

울다 지쳐 알을 까놓곤
바스라기 흙으로 돌아가는 매아미

한

콩 떠서

장 담고

독 앉혀

해 받는다

쌀 익어

술 되니

잔 실어

흥 돋는다

바람 일어

솔 떨고

물소리

고요하다

돌 쪼아

님 그려

맘 들여

천년 간다

구름의 나날

구름의 그늘이 드리운 산자락
마음에 서느러움 찾던 곳

아침에 반지름한 잎사귀
저녁엔 늘어진 새의 깃

날마다 가느라 바쁜 세월
오는 날 맞으려 그런 겐가

구름이 흩어진 빈 하늘
아무런 뜻 없이 바라봄

가을 빛

가을이 칠한 산
하늘이 더 푸르오

모두가 그림인 풍경
나도 한 인물이 된다오

색색이 전하는 느낌이
소리로 바뀌어 들리오

진한 데 크게 옅은 데 작게
남는 자욱이 생생하구려

겨울눈

수풀 길섶 눈 쌓인 데
주린 짐승처럼 처진 걸음

잃어버린 시간은
영영 되찾을 수 없는가

가는 이 길도
지나면 지워지고 마는가

수풀 길섶 눈 쌓인 데
외로운 수컷처럼 설렁거리는 걸음

낙 엽

물오르던 서슬이 주춤한 순간
정점의 아슬함에 어지럼 인다

잡아볼 데도 없이 미끄러져 내림
지구의 한 가운데로 떨구어지다

모든 기운을 하늘에 흩었으니
찬란한 물듦도 내 것이 아님

실핏줄 엽맥 새 투명한 햇볕 어려
무엔가 보이거든 내인 줄 알기를

찰나

나무 가지 끝에
별 높고

숲 새 성긴 데
달 어린다

늘 뜻 두어도
볼 때만 깨우치는

멀고 먼 소식이
빛으로 번득일 때

삶

폐휴지 수레를
겨웁게 밀고 가는 노인

삶의 의미를
게 물음은 커다란 실례

거기 계심만으로도
많은 알림이 있으니

그 뜻을 깨치지 못한 자
영원한 어둠에 갇히리라

말하자면 산 속에 핀
들꽃의 아름찬 뜻이어니

봄날

― 박재삼 조로

전신이 흡족한 나무들

잔잔히 흔들리고

진달래 개나리

제 자리 찾은 듯 고운 날

누군가를 만나러

치장하고 나선 처자

꿈 같이 흐를 하루가

먼 강물인양 내다보이는

여기 언덕에는

날리는 치마 자락과

수양버들이 휘늘어지고

꽃 피는 날

산벚 부신 빛
묵은 숲 그늘 깨쳤소

아름다움은
오랜 기다림의 끝이니

겨울나기기 얼마나
괴로웠겠소

꽃이라 하여
환한 보람만도 아니니

헌 데 아물면
새 살 돋듯

땅 속 어둠 서린 뿌리 있어
밝은 잎새 살랑인다오

노을 바다 · 석정루

― 원정園丁 최승렬 선생님을 기리며

비끼는 기인 노을
생각도 따라 머얼리

바라는 산 그리매 가라앉고
단청 처마조차 다소곳하니

세상에 아니 계신 목소리
지나간 회억 속에 되살아난다

오른다하여 마루가 낮아지는가
잠시 땅에서 옮아갔을 따름

나르는 새들의 전설을 품고
누정은 온갖 풍상을 견뎌왔다

구름 너머에 가신 님이어

기리 예 나투서 서운치 마시라

---

* 석정루: 인천 자유 공원에 세운 이층 누정. "바다는 만경 비단 섬도 떠어 꽃무뉜데 오가는 마음 멈춰 어린듯 느껴운듯 뉘신가 고운 그 뜻을 못내 기려 아쉬네" (<기림>) 라는 원정 선생 시 현판이 걸려 있다. 멀리 고향 전주의 신석정 시인에 대한 그리움을 담았다고 전한다.

휴가 한낮

(1)
대천 바다
지나는 한 점 배

백사장 길어
갈매기 조을고

청년들 고함소리
파도에 묻힌다

해송 우거진
십리 길 걸어

바위섬 꼭두에
물새 한 마리

오래 전 알던 사인양
눈인사 건넨다

(2)
홍산 지나 외산 들어
느티 가로 한참 가서

하늘에서 떨어진 양
별세계 이룬

무량사 극락전 앞에
숨 막힌 대면

부처님 웃음이
온 마당에 번져 있어

오층탑 발치에
안개라도 서린 양

나는 천년 전에
가서 서 있다

지난 날

구름이 흘러가며
어리석은 어리석은

바람이 지나가며
바보 같으니 바보 같으니

철 지난 새울음에
늦 깬 영혼이

그리움을 회한 삼고
아쉬움을 추억 삼아

흘러가는 구름에
한숨 내뱉고

지나가는 바람에
노래 부르며

삶

겨운 나래짓
버거운 지느래미 놀림

세상에 나려고
버둥대던 팔다리는

그냥 달린 게 아니라
고해를 헤쳐 나가려는 것

발 딛고 허리 폄은
또 얼마나 한 노고이던가

아, 산다는 게 애초부터
어려운 것임에

두 손 모둔 합장배례는
만유생령에 향함이라

화가

붓을 들어
한 손 놓을 때부터

운명에 감싸인 화폭은
세상과 등진 것임에

같음을 옮겨온
다른 세상 속에

긋는 대로 생겨나고
칠한 대로 모습 짓는

순간에 점화되는 열정을
거스르지 못하고

끝내 자신을 소진하기까지
멈출 수 없는 걸음이어

흥

이름 모를 글자를 남기고
둔턱을 기어오르는 덩굴

간지러워 그냥 간지러워
구름을 헤살 짓는 바람

제 자리라는 생각도 없이
무럭무럭 자라나는 풀잎

번지는 물살이 닿을 곳을 모른채
호심을 물장구 치는 오리

특별히 갈 곳도 없을텐데
마디를 놀려 어디론가 향하는 벌레

이 모든 이유 없는 움직임에
까닭 없이 일어나는 흥겨움

나그네 길

노을 묻은 발자국에
한숨이 이니

달래줄 술 한 잔이
그리웁고녀

지나온 날마다의
어두운 회억

또 한 오리 맺을 인연
두려웁고녀

가다가 머무를 곳
그 어디메뇨

바람만 앞서 가는
지향 없는 길

꿈

죽었던 과거를 살려내고
올 날을 미리 알려주는

어디서 오는지 모르기에
꾸어도 갚을 수 없는

향기처럼 스며들다간
연기처럼 사라지고 마는

풍성한 테두리이되
텅 빈 속이기도 한 항아리

꼬집어 잡히진 않되
또렷이 살아서 남는

부딪혀 귀에 울리되
온 곳 찾으면
아무도 없는 메아리

제5부
두 줄 한 장 시조
(여러 장짜리)

길

가는 길 지금 있는 길
예전에 가서 아는 길

돌아서도 낯익은 풍경
다시 서면 보았던 풍경

머리에 들어 새겨진
가슴이 따스한 느낌

알고 있다고 낯설지 않다고
옆으로도 새어 보는 길

있어서 간다고 말하는 이
가니까 있다고 거스르는 이

산을 넘고 들을 건너
언덕을 지나 내를 따라

갈 데가 있는 이
갈 데가 없는 이

함께 걸어가도록
그저 벋기만 한 길

날짜변경선

시간을 거스르는 기억이나
앞날을 미리 보는 예감 같은

땅 위를 걷는 지루함 위로
나르는 철새들만 알고 있는

자전과 공전의 회전축
그늘과 양달의 교차점

돌아가는 땅덩이 위에서 바라보면
수미산도 지척인 것을

오늘이 간다고 서러운
속절 없는 삶

만리를 가는 생각으로
먼 옛날을 더듬어보면

희미한 그림자 부염히 떠오니
여기 나도 나만은 아님

송림동

솔숲길로 달려 갔다더라
대낮에도 컴컴한 그늘에 땀 들였다더라

흰옷 그림자 번득거리는
검은 숲가에 앉았다더라

곰방대에 부시 놓으며
한참을 쉬었다더라

부두로 가는 길은 멀기만 해
짐은 무겁고 받을 돈은 적기만 해

그대로 누워서
못 일어났으면 싶었다더라

순사가 절그럭거리는 칼소리
죄도 없이 섬뜩하기만 해

따귀를 맞더라도 어서 짐을 부리고
곰보 아주미 술이나 한잔 받아야지

올 때는 노을 받는 싸리재 넘으며
홀가분히 타령이나 읊조리겠지

---

* 인천 수도국산은 원래 솔숲이 울창했다고 한다. 이 산길을 넘으면
포구에 닿았다. 싸리재는 포구에서 배다리에 이르기 전의 낮고 긴
고개.

숨결

— 국선도 수련담

동녘 해가
수천 만 번 오르듯

가슴 불리며
마시는 들숨은

먼 조상이 밭으신
날숨의 이음

그치지 않음은
쉼 있기 때문이니

한아버니 아래로
충충이 나려오는

사이사이의 다름이
실은 한 줄기의 같음

나무라면 뿌리이고
물이라면 새암인

저 먼 시원의
열림을 향하여

눈 가늘게 뜬 채
고르게 숨 가누며

끝 간 데 없이
가보는 길

싹 트고 잎 나며
가지 벋는 나무로서

춘하추동
사시를 겪으며

생쥐로부터 비룡까지
천태만상을 지내오는 동안

이어 이어 그침이 없는
살아 있음의 표지

정 일 靜逸

― 박경리 선생 3주기에 생전 기증수 앞에서

나무 그림자

졸고 있고

허리 튼 둥치

잔가지 받치고 섰다

잎이란

하늘이 따라주는 빛 받는 게니

나무가

한 대의 술잔이 된다

거품 이는 건

들끓는 속 기운 때문

머물러 있지만
한 시도 그 나무가 아니다

그림자 길어가면서
또 다른 하루가 온다

님이 심으신 나무 부쩍 자랐소이다
새들이 노래하는 그늘 깊어서
심으신 마음이 절로 우러납니다

뿌리에 둔 깊은 뜻 알 이 하나 없이
가지 무성하고 등치만 우뚝합니다
님이 하오란대로 따르는 이 맘만 같소이다

절로 그리함

캄캄한 제
눈 뜨고 싶고

고요한 데
듣고프고

향기를
좆고 싶고

맛난 것
먹고프고

닿고 싶다
보드라운 데

간지러운 뿌리로
물이 돌아서

기지개 켜는 움
세상 빛 본다

꼬무락 애벌레
알자리 떠나

공중에 나를 날
다겨서 간다

강아지 똥 마려워
마당에 놓고

고양이 심심해서

쥐를 좇는다

산 벗 · 산 멋*

산벗 그늘길로
가 보겠소

가라 앉은 마음 위에
낙화 자취 찍으며

웅덩이에 떨어진 꽃잎
바람에 솔솔 불리우는

산 속으로 들며 세상 일은
잊히는 게라오

---

* <처용가>의 "머자 외야자 綠李야 샐 리나 내신고홀 미야라"로 보건대 멋
은 머루 따위가 아닐까?

처음 태어나던
복중과도 같은
환한 그늘

풀향기는
맡지 않아도
풍기는 게라오

산멎 몽우리에
닿아 보겠소

숨 멎은 듯
팽팽한 부품

터칠 날은
낼 아침이라오

처음 대던
입술이나 유두처럼

손 닿지 않아도
절로 버는 꽃봉을

담쟁이

— 노래에 대한 반성

여름 내 위로만 오르던 기운이
찬바람 돌며 뿌리로 돌아간다

식은 흥이 벌겋게 가라앉는데
보기에는 제법 참해 보인다

담쟁이는 여름이 신났겠지만
보는 눈은 가을이 더 멋지다

노래를 끝까지 제 것으로
간직하려는 허욕 때문에

다른 귀에 울릴 소리를
풀어 놓지 못하는 가수는

제 흥에 겨워 우쭐대다가
남들을 시큰둥하게 만든다

오는 봄에 새움이 오르면서
담쟁이가 지난 여름을 기억할까

뿌리로 돌아갈 운명을 깨친다면
달군 흥이 익어서 무던해 보일게야

남들이 듣는 마음을 알아차려서
거기에 소리를 맡기는 가수처럼

담쟁이는 땅 속으로 내려앉고
노래는 침묵으로 사라져야만

사 철

봄
가녀린 연기처럼
땅 속에서 지피는
삶의 오무락거림

여름
덤불 숲 성성한 생기에
팔을 긁히며 베짱이 잡으려
매미 소리 지워졌다

가을
낙엽 태우는 내음 배인
물 든 잎새
향그런 대기에

인화된 가지 끝

겨울
온돌이 다습다
옥양목 시친 이불깃
목에 서늘하다

벌교 보성여관

1.

석류나무 그늘 아래 노래 소리 품에 들고
소리 임자 서룬 사연 혈맥마다 저며 든다
밤으로만 대하기에 차디찬 백분 얼굴
연지 짙은 붉은 입술 떨리도록 선연쿠나

2.

치자빛 흙벽 번진 노을처럼 스민 취기
한낮의 번화일랑 차단히 닫아걸고
장고소리 울리면서 심금이 요동친다
내일까지 없는 사람 찾을 넘을 내지마라

3.
사나히 지닌 본청 간드러진 계집 속청
낮에 품은 모멸감을 한껏 불러 터뜨리자
웃어라 슬픔 머금어 딴전 하는 눈동자여
메마른 세상 무슨 애착이라고 눈물은

설악

영 넘어로 바다가 보이더이다
오색 물 든 나무 잎이 고웁더이다
곁에 물도 푸르게 쏟아집디다
흰 돌에 눈이 부셔 감은 틈새로
무지개도 선연히 펴오릅디다

부지런한 발걸음이 오릅더이다
흘리는 땀을 딛고 치솟는 마음
이미 봉에 올라서 구름을 타고
저 멀리 붉은 절벽 건너갑디다

선녀가 목욕하던 담구비마다
얼비친 단풍이 조요로웁고

나무꾼 놀란 눈에 내려다보니
일 없는 고라니만 바장입디다

깨어질 듯 벽옥 같은 하늘 아래에
바위돌은 하나 같이 백자로 놓여
웅덩이 웅덩이마다 술이 고인 듯
이리 좋은 주안상을 마다하고서
다시 세속 늘 일이 걱정이외다

해설

두렷함과 아름다움을 품은 고전적인 '역진'의 미학

— 윤어천의 시조 세계

유성호(문학평론가, 한양대 교수)

1.

윤어천尹語泉 시편들은 오롯한 정신적 기품과 깊이, 그리고 세계의 원초적 통일성을 탐색하고 탈환하는 고전적 상상력으로 충일하다. 우리가 이 시집에 실린 윤어천 시편의 양식을 '시조'로 확정지을 수 있다면, 그것은 그의 시편 속에 나타나는 형식에서의 정형적 기율과 내용에서의 고전적 주제를 충실하게 귀납한 결과일 것이다. 이는 '시조'가 시인 자신의 개별적이고 자율적인 경험보다는, 선험적 율격과 전통적 시상의 완결성을 충족시키는 양식적 본령을 묵수해온 흐름을 가지고 있기 때문이다. 물론 고시조가 근대시조로 이월하면서 다양한 근대적 감각들이 시조의 외연을 확대해왔지만, 그럼에도 시조 미학의 근간이 정형적 기율과 고전적 주제에 있다는 사실이 크게 바뀌지는 않았다. 여전히 시조는 형식과 내용에서의 원심적 파격을 대체로 허락하지 않으며, 그것이 시조의 시조다움을 지키는 길임을 여러 모로 증언해온 터였다.

그런데 윤어천의 언어는 세속의 번다함으로부터 벗어나 고전적 세계를 구축하면서도, 관습적인 시형과 내용으로는 가 닿기 쉽지 않은 다양한 시적 경험 속으로 우리를 이끌어 들이고 있다. 가령 그것은 이른바 '역진逆進'의 미학을 일관되게 추구하면서도, 오랜 시조의 관습에 내적 충격을 주면서 다양한 변형을 꾀하는 실험적 적공으로 나타난다. 내용으로는 침묵을 통해 '말'에 가 닿고 그 안에 남다른 두렷함과 아름다움을 품은 '역진'의 미학을 보여주면서, 형식으로는 자연스럽게 분기되는 시조 형식의 실험을 거듭하고 있는 것이다. 시인이 갈래 지은 평시조 양식의 작품부터 읽어보자.

산수유 벙글고 젖은 흙 옴지락댄다

양지쪽 푸른 싹 두 손 반짝 들고

새들은 자꾸 보챈다 나 좀 찾으라고
—「조춘早春」 전문

아스라한 삶의 중심에 소용돌이치는 빛태

붉음이 붉음뿐으로 물음을 허하지 않는

어떠한 절정으로써만이 마감되는 일생
―「꽃잎」 전문

　단수 작품들이 으레 그러하듯, 풍경으로 치면 순간의 삽화요, 서사로 치면 오랜 시간을 축약해놓은 듯한 순간의 충일함이 그려져 있다. 앞 시편은 이른 봄, 밝고 환한 '산수유'와 '젖은 흙'과 '푸른 싹'의 잔잔한 활력과 함께 햇살 속에 지저귀는 새들이 화자와 어울려 있는 '충만한 현재형'을 그리고 있다. 뒤 시편은 꽃잎의 외관을 '소용돌이'와 '붉음'과 '절정'으로 요약되는 '빛태'로 묘사함으로써, 아스라하면서 동시에 단호한 자연 사물의 항구적 속성을 보여준다. 바로 "한 삶의 중심"을 살고 선연하게 "마감되는 일생"으로서의 생애를 가진 '꽃잎'의 모습을 약여하게 드러낸 것이다. 이 시편들은 이렇게 단수 특유의 단정함을 보여주지만, 그 안에는 단수가 품기 어려운 역동성과 다양한 사물들이 빼곡히 들어차 있다. 윤어천 평시조들이 평면적 풍경 나열이나 소박한 정서 침잠에 머무르지 않고, 그 안에 다성성을 환기하는 풍부한 입체성을 가지고 있음을 보여주는 실례들이다.

펼쳐진 빙판 위로 바람이 지나가면

잎새 진 가지 위에 웅크린 새 한 마리

하늘과 맞닿은 둑길 보고 섰는 긴 긴 순간
                            ―「다리목에서」 전문

아무데나라고 해서 아무데나가 아니다

제 자리에 있어 곱고 제 때를 맞추어 아름다운

꽃이여 풀이여 너희는 향기조차 품었더냐
                            ―「자연」 전문

　이 시편들도 다양한 자연 사물의 외관을 다루고 있다. 앞 시편은 한겨울 빙판 위로 바람이 부는 배경 속에서, 앙상한 가지 위의 새 한 마리가 "하늘과 맞닿은 둑길 보고 섰는 긴 긴 순간"을 담고 있다. 마치 영화의 롱테이크처럼, 하염없는 시간들의 순간성을 차곡차곡 담아낸 것이다. 그것이 뒤 시편에서 스스로[自] 그러한[然] "제 자리에 있어 곱고 제 때를 맞추어 아름다운" 자연에 대한 시인의 각별한 헌사로 이어진 것이다.
　이러한 순간의 풍경을 담아내면서도 그 안에 다양한 사물들의 역동성과 차분한 시간들을 배열하는 윤어천 평시조들은 "언 마음"(「객토 무렵」)을 녹이고 "바람도 흥에 겨워서 흔들흔들"(「양류楊柳」)하는 모습을 실사하고, "낙수물 소리에 돋아나는 새잎"(「봄비」)이 "푸른 하늘로 벋은 뜻"(「자득自得」)을 아름답게 담아내고 있다. 이 모든 것이 "그 길을 찾는 한 생이 닫힐 때 열리는 문"(「얼굴」)을 응시할 줄 아는 윤어천 시인 특유의 심미적 안목과 솜씨 때문일 것이다.

2.

우리가 읽기에 윤어천 시조는, 시조 고유의 양식적 본령들을 섬세하게 견지하면서 부분적 변용을 치러내는 과정을 보여준다. 우리가 잘 알듯이 정형 전통은, 오랜 세월을 축적하면서 인간의 보편 정서를 담아내는 그릇 역할을 담당해왔다. 그래서 우리 시대의 범례가 되는 시조 작품들은 근원적이고 보편적인 인생론적 경향을 확연하게 띠면서, 해체 정신보다는 고전적 깨달음에 무게중심을 두고 있고, 형식적 측면에서도 안정적 외관을 유지하고 있다. 윤어천 시조의 두 결 시조들은 이러한 안정 지향의 속성을 대체로 견고하게 지키고 있다고 할 수 있다.

검은 구름 밀려온다 숲이 가라앉고
새들이 재촉하는 천둥소리 머지않다
한 줄금 굵은 빗발이 쏟아질 때 언젠가

고요한 정적 속에 총포 소리 감춰 있다
꾸중 듣기 일각 전의 두근대는 마음으로
한 바탕 번개 우레가 요란할 때 헤아려
—「소나기」 전문

두 결 시조는 아무래도 단수보다는 이중 층위를 구현할
수 있다는 점에서 풍경과 해석이 동시에 들어설 여지가 많
다. '소나기'를 노래한 이 작품은, 소나기의 기원인 "검은
구름"과 "천둥소리"가 숲과 새들을 지나 "한 줄금 굵은 빗
발"로 몸을 바꾸는 순간을 첫 결에 담았고, 그것을 해석하
는 과정을 둘째 결에 담았다. 소나기 내리는 순간의 "고요
한 정적"은 그 안에 "총포 소리"를 감추고 있고, 그 긴장은
마치 우리가 어렸을 때 "꾸중 듣기 일각 전의 두근대는 마
음"을 환기한다. 요란한 "번개 우레"를 헤아리는 과정이 담
긴 것이다. 이러한 해석은 "멈춰 섰던 흐름"(「아침 호반」)
이 다시 움직이기 시작하는 역동적 과정으로 현상한다. 다
음 작품도 '섣달 그믐'을 통해 '마무리'와 '시작'의 접점을
노래함으로써, 삶의 잔잔함과 역동성을 동시에 보여주고
있다.

넘어가는 지난 해가 또 다가서는 새해임을
알려주는 빛과 그림자의 파동
미묘한 암호풀이에 넋이 골몰한 시간

생명이 닳아 없어진다고 두려워하지 않아도 되는 때
불타는 백열과 식어버린 흑암이 하나임을 깨치므로
아무런 기대가 없어서 절망도 없는 공적空寂
                              ─「섣달 그믐」전문

　시인이 보기에 "넘어가는" 것과 "다가서는" 것, 혹은 "지
난 해"와 "새해"는 마치 "빛과 그림자의 파동"처럼 모든 존
재의 양면으로 다가온다. 그리고 이러한 양면의 진실은 삶
에 대한 적극적 해석으로 나아가게 되고, 시인은 이러한 삶
의 역리逆理를 바탕으로 할 때 "생명"의 소진도 두려움의 대
상이 아니게 되고 "불타는 백열"과 "식어버린 흑암"도 하
나가 된다고 노래한다. 그리고 "공적空寂"과도 같은 순간의
멈춰선 흐름으로 '섣달 그믐'은 다가온다고 노래한다. 이러
한 역리를 통해 시인은 한결같이 "보면 앞에 있으나 근원
은 한 없이 먼"(「아침」) 것들을 바라보는 것이다. 심원하고
아득하고 가멸차다.

구름처럼 피어오르던 시절이 있었다
차일처럼 퍼져나가던 봄날이 있었다

두렷함과 아름다움을 품은 고전적인 '역진'의 미학　143

나붓는 가지가지에 남은 화안한 기억

뒹구는 낙엽이 바람에 쓸려도
꽃 피던 한 때는 끝내 기억되리니
없으나 있던 그 시절 꿈이라고 부를까
—「벚나무의 가을」 전문

시인이 간직하고 있는 "화안한 기억"은 "구름처럼/차일처럼"이라는 비유 속에 아름답게 담겨 있다. 분명 '벚나무'와 관련되었을 그 기억은, 윤어천 시편의 실질적 바탕이 되고도 남음이 있다. 그래서 "꽃 피던 한 때는 끝내 기억"될 것이고 "그 시절 꿈"에 대한 간절한 그 무엇은 항구적으로 그 안에 깔려 있게 될 것이다. 이렇게 윤어천 시편들은 기억의 재구성이라는 특성을 지니면서, 기억의 다양한 양상을 다루고 그것을 통해 삶의 어떤 근원에 대한 경험을 치러낸다. 그 점에서 그의 시편들은 시인 스스로 자신을 성찰하는 자기 확인의 속성을 띠면서, 비어 있음과 가득함, 잔잔함과 역동성, 침묵과 말, 소멸과 생성의 역리적 동일성을 지속적으로 드러낸다. 그것을 격정적 목소리로 외치지 않고 심미적 감각과 상상력으로 나직하게 노래하고 있는 것이다.

3.

우리가 보아왔듯이 윤어천 시편의 음역音域은, 일차적으로는 그가 구체적으로 만나고 있는 자연 사물들에서 발원하고, 궁극적으로는 그 사물들의 생명 현상에서 얻은 깊은 생의 이법理法에서 완성된다. 그의 시편들은 자연 사물의 이미지를 포착하고 묘사하여, 그 안에 자신이 발견한 생의 가치를 이입시키는 방법으로 일관되어 있다. 사실 우리의 기억 속 자연은 공포의 대상이기도 하였고 함께 살아가야 할 터전이기도 했다. 그래서 우리는 자연을 다스리면서도 그 안에서 생명들과 공존하는 지혜를 배워왔다. 하지만 인간 이성이 고양되고 과학이 발달하면서, 인간은 자연을 지배할 수 있다고 믿게 되었고, 급기야 자신의 욕망을 위해 자연을 거침없이 허물어나갔다. 시는 이러한 인간 욕망을 미적으로 비판하면서 자연의 자연스러움에 대한 기억을 보존해왔다. 윤어천 시편들은 우리를 둘러싸고 있는 수많은 생명들과 그 생명을 보듬고 있는 자연에 대한 우호적 기억들을 줄곧 형상화하고 있다. 여러 결 시조를 한번 읽어보자. 먼저 '꾀꼬리'다.

소리 좇아 치어다보니 잎새만 무성하고

화답 없이 이어지는 목청은 높아 간다
구름이 하냥 퍼올라 깊어진 봄철

숲 그늘 감추인 데 소리만을 들려준다
편안한 쉼표를 간간이 찍어가며
선율이 나무 마루 넘을 때 언뜻 비춘 황금편

교태가 아니라 예민한 규율
잠시 어긋나도 숨죽이고 마는
절정의 노래 가락에 청각이 곤두선다

살아있음이 꿈결임을 알려 준다
여기 듣던 이 이미 가고 없으니
소리만 또렷이 남아 봄꿈을 펼친다

— 「꾀꼬리」 전문

봄철 숲 그늘 속에서 소리만을 들려주는 꾀꼬리는 그야 말로 "그늘과 소리에 감싸여 제 모습 그대로"(「수리산」) 나타난다. 시인은 그 소리를 좇아 쳐다보지만 꾀꼬리는 보이지 않고 숲을 덮은 잎새만 무성하다. 구름이 피어올라 깊어진 봄날은 편안한 선율이 언뜻 비추어준 "황금편"으로서의 소리를 감싸고 있을 뿐이다. 예민한 규율 속에서 살아 있음을 느끼게 해주는 "절정의 노래 가락"에 시인의 청각이 예민하게 움직이고, 사람이 사라져도 그 소리는 스스로 그러한 것처럼 "또렷이 남아 봄꿈을" 펼쳐내고 있다. 이처럼 시인은 그 예민하고도 두렷한 귀로 "광휘에 젖은 이면이 떨리는 소리"(「해거름」)를 듣고 "저물녘 침묵이 고운 무욕의 시간"(「아름다운 저녁」)을 담아낸다. 이는 모든 것이 충만했던 자연 사물에의 기억이 충일한 감각으로 현재화된 경우일 것이다. 특별히 '소리'라는 근원적 감각에 대한 친화를 통해 시인은 더욱 오랜 기억의 심층으로 가 닿는다.

아, 왜 이리도 먼 길인가
앞뒤로 뵈는 이 없이
호올로 가야만 하는 이 길

등 뒤에 수런대는 불빛들은
잊지 말라는 다짐의 표시인가
그마저 없었더라면 더 깊었을 어둠

희망이란 기억의 연장일 뿐
한 때 그리도 지우려던 과거가
이제는 살아있음의 유일한 혼적

닿을 곳 모르더라도 가야만 하겠지
빠른 기쁨과 더딘 슬픔만 남더라도
가다금 어디에선가 쉴 곳 있을게야

—「여로」 전문

시인의 여로旅路는, '먼 길'이고 "호올로 가야만 하는" 길
이다. 실존적 고독과 가파름을 환기하는 이 '길' 이미지는
어둠을 밝히는 유일한 위안인 "등 뒤에 수런대는 불빛들"
을 배경 삼아 "기억의 연장"으로서의 희망을 우리로 하여
금 가지게 한다. "살아있음의 유일한 흔적"으로서의 과거
는 이때 "빠른 기쁨과 더딘 슬픔"으로 이루어진 아득한 시
간일 것이다. 하지만 시인으로서는 "가다금 어디에선가 쉴
곳 있을" 것을 믿고 그렇게 "하늘에 정해진 길을 어기지 않
는 별처럼"(「오랜 생명」) 가고 있는 것이 아니겠는가. 이러
한 '길'을 걷고 있는 시인의 시편들은 "깊은 어둑신함"(「상
해 임시정부 청사에서」)을 전해주는 동시에 "혼돈의 공간
을 물리치고 세운 두렷함"과 "장엄하며 빼어난 밝고 맑은
아름다움"(「균형—가야 토기의 인상」)을 더불어 보여준다.
거기에 시인의 애잔하고 아름답고 깊은 시선과 사유가 결
속되어 있는 것이다.

    4.

원래 '시'가 시간적 경험을 초월하면서 항구적 심미성을
가질 수 있는 것은, 미적 요소가 구체적 경험으로부터 분리

되는 것이 아니라 오히려 구체적 경험을 기초로 하면서 그
것을 초월하는 형식으로 존재하는 것을 의미한다. 물론 이
러한 시의 존재론은 영혼과 실재, 내용과 형식을 통합하는
일종의 동일성 미학을 통해 구성된다. 그것은 세계와의 불
화보다는 고전적이고 일관된 수렴적 원리를 통해 가능한
것이다. 윤어천 시편들은 이러한 서정의 재귀적 원리를 구
현하면서 우리 시대의 언어 과잉 혹은 반反서정의 파도 속
을 헤치고 나아가는 '역진'의 표상이라고 불려도 무방할 듯
하다. 그의 두 줄 한 장 시조에 나타난 '역진'의 주제는 가열
한 양식적 개신改新 의지에 감싸여 있다.

구름이 아름다운 저녁
내 영혼이 잎새처럼 나붓나니

가녀린 수액의 고농이
나의 심장에 동조되어

천지에 하나인 울림이
옅게 옅게 번지고 있다
— 「저녁 구름」 전문

일찍이 3연 6행 시조를 선구적으로 개척한 이는 이호우
李鎬雨였다. 윤어천 시인이 쓰고 있는 '두 줄이 한 장을 이루

는 단수'는 이호우가 개척했던 시조 양식과 외관상 맞아떨어진다. 아닌 게 아니라 위 시편도 이러한 양식 특성을 선명하게 견지한다. 그 세계는 영혼이 잎새처럼 나붓는 저녁에 구름처럼 "가녀린 수액의 고동"이 심장에 동조되어 "천지에 하나인 울림"이 구름처럼 옅게 번져가는 풍경을 삽화적으로 처리하고 있다. 구름이 아름다운 저녁을 감싸고 있는 '울림'의 편폭이 참으로 크고 깊다. 이러한 3연 6행 시조와는 달리, 다음 시편은, 종래 3장(혹은 3연) 개념을 근원에서부터 혁파하는 양식적 파격이 눈에 확연하게 띤다.

구름의 그늘이 드리운 산자락
마음에 서느러움 찾던 곳

아침에 반지름한 잎사귀
저녁엔 늘어진 새의 깃

날마다 가느라 바쁜 세월
오는 날 맞으려 그런 겐가

구름이 흩어진 빈 하늘
아무런 뜻 없이 바라봄

— 「구름의 나날」 전문

　이른바 초중종의 경계가 모호하고, 2행 1연의 구조가 네 번 중첩된 일종의 '여러 결 시조'이다. 이를 두고 '시조'로 양식적 확정을 할 수 있는지는 여러 논의를 해야겠지만, 윤어천 시인은 자연스러운 시조 가락으로 씌어진 이 시편을 '여러 결 시조'로 범주화하였다. 시인은 구름 그늘이 산자락을 감싸는 동안 오랜 기억 속에 자신이 "마음에 서느러움 찾던 곳"을 상상해본다. 아침과 저녁에 각각 반지름하고 늘어졌던 잎사귀와 새 깃이 선명하게 환기되고, 시간의 '분주함'과 하늘의 '비어 있음'은 그 자체로 우리 삶의 양면성을 암시한다. 그렇게 시인은 "정점의 아슬함에 어지럼"(「낙엽」)을 아무 뜻 없이 바라보고, "멀고 먼 소식이/빛으로 번득일 때"(「찰나」)를 누릴 줄 아는 균형 감각을 우리에게 보여준다. "풍성한 테두리이되/텅 빈 속이기도 한 항아리"(「꿈」)라는 역리의 균형을 일관되게 견지하는 것이다.

　　산벚 부신 빛
　　묵은 숲 그늘 깨쳤소

　　아름다움은
　　오랜 기다림의 끝이니

　　겨울나기가 얼마나
　　괴로웠겠소

꽃이라 하여
환한 보람만도 아니니

헌 데 아물면
새 살 돋듯

땅 속 어둠 서린 뿌리 있어
밝은 잎새 살랑인다오

―「꽃 피는 날」 전문

이 작품도 시조 양식의 선험적 율격에 대한 갱신 의지가 각별하다. 산벚 부신 빛과 숲의 그늘이 오랜 데생처럼 이 시편을 글썽이게 하고, 시인이 노래하는 "아름다움은/오랜 기다림의 끝"임을 보여준다. "환한 보람"을 안고 피어난 꽃들이 결국 "헌 데 아물면/새 살 돋듯" 하는 자연의 순리를 따라 "땅 속 어둠 서린 뿌리 있어/밝은 잎새"를 달고 나오는 이치를 노래한다. 그야말로 "산 속에 핀/들꽃의 아름찬 뜻"(「삶」)을 발견하는 시인의 안목이 눈부시다. 시인의 이러한 안목과 필치는 "저 먼 시원의/열림을 향하여"(「숨결―국선도 수련담」) 나아가고, "세월이 가도/마음은 그냥 있단 말"(「고사관류도高士觀流圖」)을 입증해주고 있는 것이다.

가는 길 지금 있는 길

예전에 가서 아는 길

돌아서도 낯익은 풍경
다시 서면 보았던 풍경

머리에 들어 새겨진
가슴이 따스한 느낌

알고 있다고 낯설지 않다고
옆으로도 새어 보는 길

있어서 간다고 말하는 이
가니까 있다고 거스르는 이

산을 넘고 들을 건너
언덕을 지나 내를 따라

갈 데가 있는 이
갈 데가 없는 이

함께 걸어가도록
그저 벋기만 한 길

— 「길」 전문

다 알다시피 '길'은, 우리 삶을 비유적으로 표상하는 오
래된 이미지이다. 시인의 '길'은 "가는 길"이기도 하고 "지

두렷함과 아름다움을 품은 고전적인 '역진'의 미학　153

금 있는 길"이기도 하며 더러는 "예전에 가서 아는 길"이기도 하다. 이처럼 '과거/현재/미래'가 순간적으로 결속한 이미지로 '길'은 다시 태어난다. 그 길은 "끝내 자신을 소진하기까지/멈출 수 없는 걸음"(「화가」)으로 걸어가야 하는 길이다. 그러니 낯익게 오래도록 보아왔던 풍경이지만, "가슴이 따스한 느낌"을 주면서 옆으로도 새어 보기도 하고 거슬러보기도 하는 "갈 데가 있는 이/갈 데가 없는 이"가 함께 걸어가도록 벋어 있는 길이 아닌가. 그것은 마치 "잎이란/하늘이 따라주는 빛"(「정일靜逸─박경리 선생 3주기에 생전 기증수 앞에서」)을 받아 피어나는 것이고, "노래는 침묵으로 사라져야만"(「담쟁이─노래에 대한 반성」)하는 것이기 때문이기도 하다. 이러한 '역리'의 상상력과 어법이 여기서도 단연 반짝이고 있다.

5.

　우리의 전통적 시가 양식인 시조는, 지금 우리 시대에도 연면한 생명력을 유지하면서 저변을 확대해가고 있는 현재 진행형 양식이다. 이처럼 견고한 생명력과 폭 넓은 갱신의 가능성을 가지고 있는 '시조'는, 그 점에서 우리 민족이

보유하고 있는 가장 고유하고도 독자적인 시 양식이라고 할 수 있을 것이다. 이는 아마도 시조 양식이 우리 민족의 성정이나 정서를 가장 잘 담아낼 수 있는 여러 장르적 특성들을 내포하고 있기 때문일 것이다. 물론 고시조를 지나 근대시조로 토양을 옮기면서 시조 양식의 본래적 특성들은 많은 변화를 치렀다. 왜냐하면 근대시조는 고시와는 달리, 근대인의 복합적인 정서와 인식을 담아내야 했기 때문이다. 따라서 최근 근대시조에는 때로는 장형화되고 때로는 요설과 파격을 통한 충격적 시형도 많이 나타나고 있다. 이는 시조 형식의 확산과 다양화를 위한 고육책임에는 틀림없으나, 시조의 시조다움을 훼손하는 속성을 지니고 있음을 부인하기 힘들다. 그렇기에 우리 시대는 시조의 정체성이 과연 무엇인가 다시 말하면 "왜 시조인가?"라는 근원적 질문을 거듭 던져야 할 시점이라고 할 수 있다.

지금까지 우리가 읽어왔듯이, 윤어천 시조는 이러한 "왜 시조인가?"에 대한 실험적 응답으로서의 의미를 충분히 지닌다고 할 수 있다. 그가 고전적 투명성과 삶의 깊은 심층이 잘 녹아 있는 시편을 쓰면서도, 형식에서는 '시조 가락으로 쓴 시편들'이라고 명명할 정도로 다양한 변형을 입힌 것은, 시조가 선험적 굴레를 가진 것에 대한 반성적 재해석의 결과일 것이다. 가령 그동안 우리 근대시조는 종장 처리에서 처음 3음절을 지키고 그 다음은 과음절(4~6음절)로 일반화하고 시상을 마무리하는 것이 일반적이었다. 두 번째 음보의 과음절은 반드시 지킬 필요가 없지만 종장 첫 3음절은 대체로 지켜온 것이다. 하지만 윤어천 시편들은 시조 가락을 수용하되 이러한 오랜 관행을 지키지 않은 곳이 적지 않다. 그것을 일러 어둑한 관행에서 '환한 곳으로의 트임'으로 명명해도 좋으리라. 이처럼 선험적 설계에서 벗어나 자연스런 호흡률에 의존하는 시조 쓰기의 실례를 보여준 윤어천 시편들은, 두렷함과 아름다움을 품은 고전적인 '역진'의 미학을 통해 우리에게 깊이 다가오고 있다. 이러한 시인의 각별한 미학적 탐구가 두루 번져가서 우리 시조의 내적 충격에 기여하기를 깊이 소망해본다.

　시조 가락이 그치지 않으리라는 생각으로 한 줄씩, 한 장씩, 한 결씩 놓아보면서 줄이 장이 되고 장이 결이 되는 짜임새를 우리 말 노래의 원모습이라고 여기게 되었습니다. 억지로 가늠하는 것이 아닌 숨 쉬는 것처럼 자연스러운 가락을 토해낸다면, 그 안에 흩어지지 않는 맥락이 살아있으며, 최상의 논리로서 확고부동한 이 짜임새의 딴 이름을 결闋이라 할 수 있을 것입니다. 이제, 노래를 한다면 이 결로써 하는 것이며, 듣는 귀도 이 결을 따라가게 될 것입니다. 과분한 찬사의 제사와 해설도 이 길을 가리는 후원성으로만 듣겠습니다.

윤어천

베리에떼 16

시조가락으로

| 초판 1쇄 인쇄일 | 2013년 5월 31일 |
| 초판 1쇄 발행일 | 2013년 6월 01일 |

지은이	윤어천
펴낸이	정진이
편집이사	박지연
책임편집	윤지영
편집/디자인	이하나 정유진 신수빈 이가람
마케팅	정찬용 권준기
영업관리	한미애 심수영 김소연 차용원
인쇄처	월드문화사
펴낸곳	새미

등록일 2005 03 14 제25100-2009-8호
서울시 강동구 성내동 447-11 현영빌딩 2층
Tel 442-4623 Fax 442-4625
www.kookhak.co.kr
kookhak2001@hanmail.net

| ISBN | 978-89-5628-621-1 *04800 |
| 가격 | 12,000원 |

* 저자와의 협의하에 인지는 생략합니다.
새미는 국학자료원의 자회사입니다.
잘못된 책은 구입하신 곳에서 교환하여 드립니다.